Paul   Heyse

Die Witwe von Pisa

Paul   Heyse

Die Witwe von Pisa

ISBN/EAN: 9783337354909

Hergestellt in Europa, USA, Kanada, Australien, Japan

Cover: Foto ©Andreas Hilbeck / pixelio.de

Weitere Bücher finden Sie auf **www.hansebooks.com**

Die Witwe von Pisa

Paul Heyse

(1865)

Überhaupt scheint mir, daß Sie von den italienischen Frauen eine zu günstige Meinung haben.

Wieso? fragte ich.

Ich habe einige Ihrer Novellen gelesen. Nun, daß diese

Arrabbiatas und Anninas doch auch im Süden etwas
dünner gesäet sind, als der geneigte Leser sich einbildet,
werden Sie selber zugeben. Beiläufig, und ganz unter uns:
sind es Geschöpfe Ihrer Phantasie, oder Studien nach dem
Leben?

Frei nach dem lieben Herrgott, der schwerlich finden wird,
daß seine
Originale durch meine Bearbeitung gewonnen haben.

Mag sein! Aber Sie leugnen doch nicht, daß Sie sich
absichtlich immer die besten Exemplare ausgesucht haben?
Da dürfen Sie sich denn nicht beklagen, wenn man Sie zu
den Idealisten rechnet.

Beklagen? Wie sollte ich wohl! Ich finde mich da in so guter
Gesellschaft, daß ich froh bin, wenn ich darin geduldet
werde. Ebenfalls im tiefsten Vertrauen, Verehrtester: Ich habe
nie eine Figur zeichnen können, die nicht irgend etwas
Liebenswürdiges gehabt hätte, vollends nie einen weiblichen
Charakter, in den ich nicht bis zu einem gewissen Grade
verliebt gewesen wäre. Was mir schon im Leben gleichgültig
war, oder gar widerwärtig, warum sollte ich mich in der
Poesie damit befassen? Es gibt genug andere, die es
vorziehn, das Häßliche zu malen. Sehe jeder, wie er's treibe!

Schön! Und vielleicht sogar richtig! Ich verstehe diese Dinge
nicht.
Aber ich habe immer sagen hören, die Poesie solle das Leben
widerspiegeln. Nun denn, das Leben hat doch auch seine
Kehrseite.
Und zur Wahrheit gehört Licht und Schatten. Glauben Sie
nicht, daß
Sie es der Wahrheit schuldig sind, auch von den minder
liebenswürdigen
Figuren, die zum Beispiel in Italien herumlaufen, Notiz zu

3

nehmen?

Sobald ich ein Buch über den italienischen Volkscharakter ankündige—gewiß! Aber ich gebe Geschichten. Wenn ich lieber Gcschichten schreibe, die mir selbst gefallen, als Schattenrisse von der Kehrseite der Natur, wen betrüge ich, als solche, die ihr Interesse dabei finden, sich betrügen zu lassen? Aber Sie haben mich auf die vielberufene Kehrseite neugierig gemacht. Was verstehen Sie darunter?

Hin! Das ist leicht gesagt. Wenn ich nicht sehr irre, ist es die unverfälschte Naturkraft, die Sie an diesen Weibern anzieht, der
Mangel der zahmen und lahmen Pensionats- und Institutserziehung, das
Wildwüchsige mit einem Wort.

Und die edle Rasse, nicht zu vergessen; eben jene reiche Anlage, die man viel getroster sich selbst überlassen darf als eine von Hause aus dürftigere Natur—schaltete ich ein.

Einverstanden! Und ich gebe Ihnen auch das noch zu, daß die Leidenschaften unter diesem Himmel sich in einem gewissen großen Stil, in einer natürlichen Erhabenheit austoben, selbst die allerverrücktesten; daß sogar die Hauptleidenschaft des Geschlechts—diesseits wie Jenseits der Berge—bei aller Komik hier etwas Grandioses behält.

Eine, Hauptleidenschaft?

Ich meine die Sucht, einen Mann zu bekommen. Sie lachen? Ich kann Ihnen sagen, daß mir die Sache außer Spaß ist, seit ich Gelegenheit gehabt habe, über diesen Punkt nähere Studien zu machen.

Auf die ich begierig wäre.

4

Ich will Ihnen das Abenteuer nicht vorenthalten, obwohl es für einen Idealisten, wie Sie sind, kein dankbarer Stoff sein wird. Nur soll mir unser Kondukteur erst etwas Feuer geben. Un po' di fuoco, s'il vous plaît, Monsieur?-Dieses Gespräch wurde in einer schönen Sommernacht hoch oben in der Imperiale einer französischen Diligence geführt, die von zwei Pferden und vierzehn Maultieren in kurzem Trabe die breite Straße des Mont Cenis hinaufgeschleppt wurde. Obwohl der Himmel herrlich ausgestirnt war, lag doch nur ein schwacher Schein auf den Tälern zur Seite des Weges, aus denen die schweren Wipfel der Kastanien heraufragten, so daß man auf den Genuß der Aussicht verzichten mußte. Und da Peitschenknall, Zuruf der Maultiertreiber, die neben ihren langgespannten Tieren bergan liefen, und das hundertfache Schellengeläute auch einen gesunden Schlaf nicht aufkommen ließen, mußte ein deutscher Schriftsteller noch zufrieden sein, wenn er dreitausend Fuß über dem Meeresspiegel einen so wohlwollenden Rezensenten neben sich fand, wie mein Coupénachbar bei aller Meinungsverschiedenheit zu sein schien. Wir waren schon von Turm aus die Bahnstrecke bis ans Gebirge zusammen gefahren, schweigsam jeder in einen Winkel gedrückt. Erst der Namensaufruf bei der Verteilung der Plätze hatte das Eis gebrochen, da wir uns beide nicht ganz fremd waren.

Kennen Sie Pisa? fragte er, nachdem er seine Zigarre an der Pfeife des
Franzosen angezündet hatte.

Ich erzählte ihm, daß ich erst vor kurzem volle vierzehn Tage in dieser stillsten aller Universitätsstädte der Welt Studierens halber zugebracht hätte.

Nun, dann kennen Sie am Ende meine Witwe vom Sehen oder doch vom Hören. Sind Sie nie in der breiten Straße, die der Borgo heißt, an einem Hause mit grünen Jalousien

5

vorbeigekommen und haben aus einem Fenster des ersten Stockwerkes eine schmetternde Sopranstimme jenes Duett aus der "Norma" singen hören: Ah sin' all' ore all' ore estreme—?

Ich verneinte.

Danken Sie Ihrem Schöpfer, sagte er mit einem Seufzer, der aus einer hartgeprüften Brust zu kommen schien. Sehen Sie, diese Stimme war mein Verderben. Ich bin leider ganz unmusikalisch, sonst hätte sie mich vielleicht gewarnt, statt mich ins Netz zu locken. Aber wenn man in ein paar Dutzend unsäuberlichen Studentenwohnungen herumgekrochen ist—die besseren möblierten Zimmer waren, mitten im Semester, schon längst vergeben—, und hört dann aus einem reinlichen Hause, an dem der Mietszettel hängt, eine Frauenstimme flöten, so werden Sie begreifen, daß man eine Stimme des Himmels zu vernehmen glaubt, auch wenn man ein besserer Musikus ist als ich. Ich muß aber erst voranschicken, was ich eigentlich in Pisa zu suchen hatte. Sehen Sie, das hängt so zusammen. Ich bin Architekt, wie Sie wissen. In dem kleinen deutschen Raubstaat, den ich als mein engeres, leider viel zu enges Vaterland pflichtschuldigst liebe und ehre, bin ich, ohne Ruhm zu melden, so ziemlich der einzige meines Faches, der etwas zu bauen versteht, was über die landläufigen Menschenställe von drei Stockwerken hinausgeht. Wenn Sie einmal durch N. kommen sollten, versäumen Sie nicht, unser neues Zeughaus anzusehen, worin die sieben Landeskanonen sorgfältig unter Schloß und Riegel gehalten werden, damit sie nicht über die Landesgrenze wegschießen. Dieses Arsenal habe ich gebaut und mir dadurch nicht nur den Dank des Vaterlandes, sondern auch die besondere Gunst unseres Serenissimus erworben. Wenn er noch einmal seinen Lieblingsplan ausführt, eine Mauer um sein

Land aufführen zu lassen nach dem Muster der chinesischen, kann ich dieses ruhmreichen Auftrages sicher sein. Vorläufig hat er mir seine Huld auf eine unscheinbarere, aber mir angenehmere Weise bezeigt, indem er mich mit einem wissenschaftlichen Auftrage nach Italien schickte. Wir besitzen nämlich als eine der Hauptsehenswürdigkeiten unserer Residenz mitten im Schloßpark einen schiefen Turm. Böswillige, unpatriotische Menschen behaupten, es sei mit dieser künstlerischen Merkwürdigkeit sehr natürlich zugegangen, da ein später angelegter Karpfenteich in der Nähe dieses ehemaligen Wachttürmchens den Boden ringsumher aufgeweicht und so die Senkung verursacht habe. Man kann unseren Landesvater nicht stärker beleidigen, als wenn man diese hochverräterische Meinung äußert. Als er daher eines Tages auch mich um mein sachverständiges Urteil befragte, war ich Diplomat genug, zu antworten, ich sei, da ich Italien nicht kenne, außerstande, nachzuweisen, in welchem historischen Zusammenhange unser schiefer Turm mit den berühmteren von Pisa, Bologna, Modena u.s.w. stehen möchte. Nur ein umfassendes Studium des gesamten mittelalterlichen Schiefbaues könne zu einer gerechten Würdigung unserer heimatlichen monumentalen Romantik das Material liefern. Das wirkte. Schon Tags darauf erhielt ich durch Kabinettsschreiben den allerhöchsten Auftrag, eine Kunstreise nach Italien auf ein ganzes Jahr anzutreten, um auf Kosten der Kabinettskasse Studien zu einem umfassenden Werk über die schiefen Türme Italiens und Deutschlands zu machen. Ich ging um so freudiger darauf ein, weil ich mich vor kurzem verlobt hatte und ohne eine solche höhere Mission mich schwerlich so bald losgerissen hätte, das gelobte Land endlich mit Augen zu sehen, was ich doch meinem Beruf längst schuldig gewesen wäre.

Erlauben Sie mir zu bemerken, sagte ich, daß nach diesen

7

Mitteilungen Ihre Erfahrungen mit italienischen Mädchen und Frauen mir nicht mehr so beweiskräftig scheinen wie vorher. Ein deutscher Bräutigam, der besonders auf alles Schiefgewachsene sein Augenmerk zu richten hat-Im allerhöchsten Auftrage! fiel er mir lachend ins Wort. Aber ein Jahr ist lang, und sowohl der Herr des Landes als die Herrin meines Herzens werden es verzeihlich finden, daß ich mich in den Mußestunden auch mit geradegewachsenen Schönheiten beschäftigt habe. Nein, hören Sie erst meine Pisaner Fata. Diese Stadt hatte ich mir für den Rückweg aufgespart. Den Kampanile des Pisaner Doms-den hebt mir auf, Daß ich zuletzt ihn speise!-sagte ich bei mir selbst und dachte volle vier Wochen in Pisa meinen Messungen obzuliegen und vielleicht schon ein Stück meines Buches über den Schiefbau hier in der Stille niederzuschreiben, damit ich außer Rissen und Zeichnungen Serenissimo auch etwas zu lesen mitbringen könnte. Nun aber, wie gesagt, hatte ich es fast schon aufgegeben, eine anständige Privatwohnung zu finden, als ich todmüde am schwülen Mittag durch den Borgo schlendere und da auf einmal wie vom Himmel herab aus einem Fenster gerade über dem "Camere da affittare" den schmetternden Gesang höre. Hinaufstürzen, anpochen und dein Aschenputtel von Küchenmädchen meine obdachlose Lage schildern, war, wie geistreiche Erzähler sagen, das Werk eines Augenblicks. Das Ding musterte mich von der Hutkrempe bis zu den Schuhen. Dabei lachte sie und schüttelte den Kopf. Nein, nein, sagte sie, hier wird nichts vermietet.—Aber der Zettel? sagt' ich. Und es steht doch deutlich darauf: Im ersten Stock! —ja, aber nicht per gli uomini! meinte sie und wollte schon die Türe wieder zuschlagen.—Was? rief ich, nicht für Menschen? Nun beim Himmel, so sollt ihr erleben, daß selbst ein geduldiger Deutscher zu einer Bestie werden kann, wenn nur die Bestien in Pisa ein menschliches Quartier finden!—Chè, chè sagte sie, und wollte sich ausschütten vor

8

Lachen, so sei es nicht gemeint. Nur an männliche Menschen würden die Zimmer nicht vergeben. Ihre Herrin sei eine Witwe und beherberge nur Damen. Indessen wolle sie erst einmal anfragen; ich möchte nur eintreten.—So führte sie mich, immer lachend, durch die Küche in ein sehr sauberes Gemach, wo ein großes, vierschläfriges Himmelbett stand, eine alte Kommode und einige Rohrstühle, der Steinboden mit geflochtenen Matten sorgfältig belegt; aber was mir am meisten ins Auge stach: ein mächtiger viereckiger Tisch mitten im Zimmer, gerade so einer, wie er meine Sehnsucht war, um Reißbretter und Mappen bequem darauf ausbreiten zu können. Hier bleibst du! rief eine Stimme in mir, und wenn es um den Preis wäre, daß du dein Geschlecht verleugnen und am Rocken dieser Omphale Garn spinnen müßtest. Indem höre ich, wie nebenan der Gesang und das Klavierspiel plötzlich abgebrochen wird und Aschenputtel seine Botschaft unter beständigem Kichern ausrichtet. Ich hatte kaum Zeit, mir eine herzbewegende Rede einzustudieren, da geht die Türe auf und meine Witwe tritt herein, in einem Nachtgewande von verdächtiger Weiße, aber unzweifelhafter Sittsamkeit, die starken, schwarzen Haare in Papilloten, mit einer Haltung und Miene, daß ich sogleich wußte: die war schon einmal auf den Brettern! Aber sie war gar nicht übel, kann ich Ihnen sagen. Etwas Anlage zum Fettwerden, die Nase für meinen Geschmack vielleicht ein wenig zu stumpf, nicht mehr die allererste Frische, aber für eine Witwe äußerst wohlkonserviert, und ein Paar große, schwarze Augen im Kopf, wie—nun Sie können sich selbst ein passendes Gleichnis dazu suchen; wofür sind Sie Poet?

Ich, als bildender Künstler, hatte auf den ersten Blick alle Vorzüge dieser Dame weg; aber selbst wenn sie zum Titelkupfer für mein Werk über den Schiefbau getaugt hätte: der schöne große Tisch hätte sie mir reizend erscheinen

9

lassen. Ich glaube, ich habe in meinem Leben keine größere Beredsamkeit in einer fremden Sprache entwickelt als jetzt, wo es galt, ihre tugendhaften Vorurteile zu besiegen. Ich sei zwar, sagt' ich, allerdings eine Mannsperson (persona maschia—ausgesuchtes Italienisch, nicht wahr?); aber von einer so weiblichen Gemütsart, daß ich sogar in meiner Jugend von einer schönen Frau das Filetstricken gelernt hätte. Niemand im ganzen Stadtviertel werde mich jemals betrunken nach Hause kommen sehn, und sittenlose Bekanntschaften hier in Pisa zu machen, liege mir fern. Sogar des Rauchens wolle ich mich enthalten, wenn es ihr unangenehm sei, und gern jeden Preis, den sie für das Quartier fordere, unbedenklich vorauszahlen.

Sie hörte mich ruhig an, und meine rührende Beschwörung schien Eindruck auf sie zu machen. Wenigstens sagte sie endlich, sie selbst habe gar nichts dagegen, aber sie sei eine junge Witwe, und ihr Oheim, der Vormund ihrer Kinder, wünsche nicht, daß sie ihren Ruf in Gefahr bringe, indem sie die jetzt überflüssig gewordenen Zimmer an Herren vermiete. Ich fragte sogleich nach der Wohnung dieses klugen Mannes und hörte zu meinem Schrecken, daß ich nicht hoffen durfte, auch an ihm meine Überredungskünste zu versuchen, da er gerade nach Florenz gereist sei.—So muß ich denn wirklich verzweifeln? rief ich mit so unverstelltem Kummer (ich hatte eben wieder mit dem Tisch geliebäugelt), daß die gute, ohnehin nicht sehr steinerne Witwenseele zu schmelzen anfing. Kommen Sie nachmittags wieder, sagte sie; ich will sehen, ob es, zu machen ist. Erminia, begleite den Herrn hinaus! —Damit machte sie mir eine Reverenz wie eine Fürstin, die einen Ambassadeur empfangen hat, und ich war in Huld und Gnaden entlassen.

Sie können sich denken, daß ich in einer nicht geringen Aufregung meinen Risotto in jener Mustertrattorie Italiens,

10

dem "Nettuno" am Lungarno, verzehrte und gerade das Doppelte meiner gewöhnlichen Weinration dazu trank. Ich mußte mich stärken für den Fall, an den ich nur mit Schrecken denken konnte, daß ich einen solchen Tisch in Pisa wissen und mich doch wieder, wie schon so oft, jämmerlich mit einem aus Stühlen, Stock und Regenschirm gezimmerten Notgestell behelfen müßte.

Und wie ich so gegen drei Uhr wieder die steinerne Treppe hinaufstieg, klopfte mir ordentlich das Herz, als ob es sich nicht um ein Stück Holz, sondern um die Besitzerin selbst handelte und ich sollte mir eben Bescheid auf einen viel bedenklicheren Antrag holen. Diesmal kam sie mir, schwarz angetan, in etwas gewählterer Haartracht entgegen und schien ebenfalls nicht ganz unbefangen. Ich legte mir das zu meinen Gunsten aus und erschrak nicht wenig, als sie mir ohne viel Vorreden eröffnete, sie habe in Abwesenheit des Onkels die Tante befragt, die ebenfalls meine, diesen Schritt nicht wohl verantworten zu können. Eine junge Witwe—und dabei senkte sie mit recht täuschender Verschämtheit ihre schwarzen Augen—noch dazu wenn sie Künstlerin war —und in den Jahren, wo man noch nicht auf ein neues Lebensglück verzichtet—Sie werden begreifen, daß es Rücksichten gibt, die man den Seinigen schuldig ist, und der Wunsch meines Oheims, mich wieder vermählt zu sehen— ein Galantuomo wie Sie, mein Herr, wird dem Glück einer einzelstehenden jungen Frau nichts in den Weg legen wollen.

Ganz im Gegenteil, meine beste Dame, rief ich lebhaft aus— immer die Augen auf meinen schönen Tisch geheftet—, vielmehr würde ich überglücklich sein, Ihnen beweisen zu können, wie sehr ich Ihre Zurückhaltung schätze, wie sehr ich Sie wegen der Reize, Talente und Tugenden, die Ihre Person schmücken, bewundere und verehre. Ja, Sie haben

11

recht, und Ihr würdiger Oheim hat recht: ein Wesen wie Sie ist geschaffen, glücklich zu sein und glücklich zu machen. Der Ärmste, der dieses Glück nur so kurze Zeit genossen hat! Wie lange ist er Ihnen schon entrissen?

Zehn Monate, sagte sie, ohne daß die Erinnerung sie besonders anzugreifen schien. Er reiste nach Neapel, fiel unter die Briganten — und kam nicht wieder. Soll ich Ihnen seine Photographie zeigen?

Damit ging sie mir voran in das Nebenzimmer, das etwas reichlicher möbliert war und offenbar als eine Art Salon benützt wurde. Hier stand der Flügel, ein eleganter Schreibtisch nahe am Fenster, einige bunte Vogelkäfige hingen von der Decke herab, und die Wände waren mit Porträts berühmter Theatergrößen bedeckt. Im unscheinbarsten Rahmen über dem Sofa, mit einem verstaubten Lorbeerkranz umgeben, sah ich das Bild eines ernsten Mannes in mittleren Jahren, den sie mir als ihren Seligen vorstellte. Auch jetzt konnte ich keine Spur einer Gemütsbewegung auf ihrem Gesicht entdecken. Die Kanarienvögel schrien, ein kleines Wachtelhündchen kroch unter dem Sofa hervor und fing an zu bellen, Aschenputtel hörte ich durchs Schlüsselloch hereinkichern, und mitten in diesem Tumult stand meine Schöne und sprach ganz gelassen von einem neuen Lebensglück, wobei sie mich einlud, auf dem Sofa neben ihr Platz zu nehmen.

Ich äußerte ihr meine Verwunderung, daß sie schon zehn Monate allein stehe, ohne von allen Seiten umworben zu werden. — Ich bin wählerisch, sagte sie. Ich war zu glücklich mit meinem Carlo, um mich der Gefahr auszusetzen, mich an jemand zu binden, der mich weniger liebte als er. Mehrere haben um mich angehalten, noch erst vorgestern ein junger Graf; den hätte ich auch wohl genommen, aber er war zu jung für mich, erst neunzehn Jahre, und ich bin

12

doch schon dreiundzwanzig. Der arme Mensch dauerte mich freilich; aber was wollen Sie? Man kann doch nicht alle heiraten, die vor Liebe zu einem den Verstand verlieren.

Freilich nicht, erwiderte ich. Was wollten Sie auch mit einem solchen
Kinde anfangen? Nur ein reiferer Mann, der das Leben schon kennt,
würde Ihren Wert ganz zu schätzen wissen und Ihnen einigermaßen den
Verlorenen ersetzen.

Sie seufzte. O die Männer! sagte sie. Alle sind sie Egoisten! Nur die Jugend hat noch Hingebung und Begeisterung für das Schöne. Die Reiferen werden kalt und sind nicht mehr fähig, glücklich zu machen.

Es käme auf den Versuch an, sagte ich, halb arglos, halb um sie zu versuchen; denn ich merkte nun wohl, wie die Dinge standen, und daß die Tante unter gewissen Voraussetzungen ihr Veto gern zurückziehen würde. Dabei kam mir das ganze Abenteuer so drollig vor, daß der Übermut sich in mir regte, die Posse noch etwas weiter zu spielen.

Schöne Frau, sagte ich, wie heißen Sie eigentlich?

Lucrezia, erwiderte sie und sah mich mit unbeweglichen Augen forschend an.

Schöne Lucrezia, fuhr ich fort, vielleicht ist es ein Werk der Vorsehung, daß ich jetzt auf diesem Sofa sitze. Ich bin viel herumgeschweift (ich meinte: in Pisa, nach Wohnungen; sie verstand: in der Welt) und habe nirgends gefunden, was ich suchte. Erst in diesem Hause—und dabei schielte ich wieder durch die Türe nach dem schönen Zeichentisch—ja, Madonna Lucrezia, erst hier fühle ich den Drang, zu bleiben

13

und Hütten zu bauen. Sie kennen mich nicht und ich kenne Sie nicht, und es wäre voreilig, heute schon über die Zukunft entscheiden zu wollen. Chi va piano, va sano.

Aber auch lontano, schaltete sie ein. Sie reisen wieder nach Hause?

Es kommt ganz auf Euch an, wie lange ich Pisas Lüfte atmen werde, sagte ich mit schamloser Doppelzüngigkeit und antwortete ebenso hinterhältig auf ihre Frage, ob ich schon eine Frau habe: nein, noch nicht, aber ich sei entschlossen, kein halbes Jahr mehr ein Junggeselle zu bleiben. —Da beschämte mich diese große Seele mit dem offenen Geständnis, sie habe vier Kinder; die zwei jüngsten seien über Tag meist bei der Tante, die beiden älteren, von fünf und vier Jahren, in Florenz bei der Mutter ihres Seligen. —Schön, sagte ich, ich hoffe, ich lerne die kleinen Engel bald kennen; ich habe eine wahre Passion für alle Haustiere, Kinder, Hunde und Kanarienvögel. —O Sie sind eine Ausnahme! rief sie schwärmerisch; mein Carlo wollte immer aus der Haut fahren, wenn die Kinder schrien und die Vögel zwitscherten und ich dazwischen Solfeggien sang. Sie sind gewiß ein Engländer, die haben immer so einen aparten Geschmack. —Nur ein Deutscher, sagte ich; aber auch bei uns gibt es Narren genug, die es entweder schon sind, oder doch für ein Paar schöne Augen sich nicht lange besinnen, es zu werden. Also meinen Koffer darf ich herbringen lassen?

Ich begleitete diese Frage mit einem ehrerbietigen Handkuß, stand auf und empfahl mich so eilig, als ich höflicherweise konnte, um meinen Sieg nicht wieder aufs Spiel zu setzen. Denn wenn sie mir einen Mietsvertrag vorgelegt hätte, um mich in Paragraph Eins ausdrücklich zum Heiraten zu verpflichten, wäre meine ganze Doppelzüngigkeit zu Schanden geworden. —Ich drückte dem Aschenputtel

14

Erminia ein paar Franken in die Hand, und schon eine Stunde nachher war ich mit Sack und Pack wieder vor der Tür und hielt triumphierend meinen Einzug.

Auch hatte ich die ersten Tage keine weiteren Unbequemlichkeiten von meiner Kriegslist, keine Anfechtungen, weder in meinem Gewissen, noch in meinen vier Pfählen. Der überrumpelte schöne Feind begnügte sich offenbar damit, mich zu beobachten; denn bei der Kaltblütigkeit, mit der das "neue Lebensglück" betrieben wurde, konnte sie sich Zeit lassen, zu untersuchen, ob sie auch kein schlechtes Geschäft mache mit diesem wildfremden Zukünftigen. Leider schien das Ergebnis ihrer Forschungen täglich mehr zu meinen Gunsten auszufallen. Und ich machte es auch danach! Einen stilleren, geduldigeren, fleißigeren zweiten Mann, als ich in diesen Tagen darstellte, kann sich keine junge Witwe wünschen, und wenn ich im Punkte der Zärtlichkeit manches zu wünschen übrig ließ, so war dies mit der ritterlichen Diskretion zu entschuldigen, die unsere Zimmernachbarschaft mir zur Pflicht machte. Kam ich von meinen Vermessungsgeschäften am Kampanile nach Hause, so pflanzte ich mich sofort hinter den bewußten Tisch, um die Resultate in meine Zeichnung einzutragen. Währenddessen konnte sie nebenan ihr "Ah sin' all' ore all' ore estreme" oder eine andere schmelzende Kazitilene schmettern, so viel sie wollte: Ich pries, zum ersten Male im Leben, mein stumpfes Ohr, das mir half, dieser Lockung mannhaft zu widerstehen. Ein paarmal schickte sie mir die Kinder herein, die einen greulichen Unfug mit meinen Mappen und anderen Habseligkeiten anstellten, bis ich mit einigen Orangen den Frieden von ihnen erkaufte. Auch in dieser Prüfung benahm ich mich musterhaft. Ging ich darin in der Abendkühle am Lungarno spazieren unter dem Schwarm von Studenten, Pisaner Bürgern mit ihren

15

Familien und einigen wenigen Stutzern, die auch hier nicht fehlten-nun Sie kennen ja das alles aus eigener Anschauung-, so begegnete ich regelmäßig einige Male meiner schönen Hauswirtin, die an der Seite einer Freundin mit züchtigen Witwenschritten dichtverschleiert lustwandelte und, wie ich merken konnte, viele Verehrer hatte. Mancher von diesen hätte mich wohl beneidet, wenn er gewußt hätte, wie bequem es mir gemacht wurde. Ich aber begnügte mich mit devotem Hutabziehen und kam regelmäßig erst nach Hause, wenn ich wußte, daß sie schon Nacht gemacht hatte. Das geschah sehr früh-, denn da sie, wie die meisten Italienerinnen, völlig ungebildet war und höchstens einen französischen Roman in der Übersetzung las, so langweilte sie sich entsetzlich, sobald es dunkel wurde und sie nicht mehr aus dem Fenster sehen und sich bewundern lassen konnte.

Dieser friedfertige Zustand, der meinen Wünschen sehr entsprach—ein Leben wie im Paradiese, wo Wolf und Lamm in Unschuld nebeneinander hausten—, hatte etwa eine Woche gedauert, da merkte ich, daß das Lamm sich zu wundern anfing, wie zahm der Wolf sich betrage; ja es schien der armen Unschuld ordentlich gegen die Ehre zu gehen, daß sie noch immer ungefressen blieb, da sie sich selbst doch appetitlich genug vorkam. Nun kehrte sich der Naturzustand um, und das Lamm rüstete sich, den Wolf nach allen Regeln zu belagern. Einige Tage blieb es bei frischen Blumensträußen, mit denen ich meinen Zeichentisch geschmückt fand, wenn ich nach Hause kam. Dann fand ich, da meine Hausschuhe in ziemlich desolatem Zustande waren, abends ein paar warme türkische Pantoffeln vor meinem Bett, die offenbar dem Seligen, meinem Vor-Wolf, gehört hatten; übrigens waren sie noch so gut wie neu. Mittags mußte ich mit aller Gewalt ein Fritto von Artischocken und kleinen Kürbissen kosten, das

Madonna Lucrezia selbst bereitet haben wollte, und ihr mit einem Glase Chianti Bescheid tun. Erminia, die mit am Tisch aß und die beiden Bimbi fütterte, hatte wieder genug zu kichern, und nur das Hündchen knurrte mich feindselig an, als einen Eindringling, der ihm seine Ration zu verkümmern drohte. Dabei führten wir tiefsinnige Gespräche über deutsche und toskanische Kochkunst, und ich abtrünniger Sohn meines Vaterlandes verleugnete sogar das deutsche Sauerkraut gegenüber den italienischen Artischocken. Das schien ihr bedeutsam genug, um andern Tags einen noch lebhafteren Sturm zu wagen. Denken Sie, was das verschmitzte Geschöpf sich einfallen ließ! Ich bin am Vormittag wie gewöhnlich auf meinem schiefen Turm, nun schon in den obersten Geschossen, und denke an nichts Arges, da höre ich unten aus der Tiefe zu mir heraufsingen das nur zu wohlbekannte: "Ah sin' all' ore all' ore estreme", und richtig, meine schöne Freundin ersteigt herzhaft die langen Wendeltreppen, so daß an ein Entrinnen nicht zu denken war, ich hätte denn hinter den Pfeilergalerien Versteckens spielen müssen. Was sie eigentlich beabsichtigte, ist mir heute noch nicht recht klar; denn von der obersten Zinne sich, entweder allein, oder Arm in Arm mit mir hinabzustürzen, wenn ich ihr nicht endlich ein festes Heiratsversprechen gäbe, dazu war sie ein viel zu praktischer Charakter, viel zu sehr—Italienerin, hätt' ich beinahe gesagt. Aber ich will Ihren Idealismus nicht kränken. Am Ende war es auch bloß die Langeweile, die sie zu mir trieb. Ich natürlich stellte mich sehr erfreut, machte die Honneurs des Turmes aufs Liebenswürdigste, und da wir ganz allein waren, hielt ich es für angebracht, ihr wenigstens wieder einmal die Hand zu küssen. Sie hatte auch gerade ihren guten Tag. Vom Steigen war ihr wachsbleiches Gesicht etwas gerötet, und wie sie so die kohlschwarzen Augen über Dom und Baptisterium und Stadt und fernes Gebirge funkeln ließ, schien sie mir

17

wirklich keine üble Partie. Notabene für einen Italiener, der keine Gemütsansprüche machte. Ich sagte ihr sehr viel schöne Dinge, die das arme Lamm, nach der langen schlechten Behandlung von meiner Seite, mit sichtlichem Behagen einschlürfte. Natürlich wurde ich durch einige zärtliche Anspielungen und sehr ermutigende Blicke belohnt. Aber ich hatte nicht nötig, durch Umdrehung meines Verlobungsringes einen guten Geist zu beschwören, daß er mich in dieser Versuchung beschütze, denn ich wußte es ganz deutlich, daß ich ihr bei all ihren kleinen schmachtenden Manövern im Grunde der Seele so gleichgültig war wie die Marmorstufe, auf der sie stand. Und so kamen wir denn nach Verlauf einer Stunde beide ganz wohlbehalten unten auf dem Domplatze wieder an.

Sie aber mußte doch wohl glauben, das Eisen zum Glühen gebracht zu haben, denn sie verlor keine Zeit, es zu schmieden. Noch denselben Nachmittag schleppte sie mich in eines der offenen Theater, — ich glaubte, das sogenannte Politeama war's — Sie werden sich erinnern. Vergebens wandte ich ein, daß ich sie zu kompromittieren fürchte, wenn man uns zwei so öffentlich miteinander das Schauspiel besuchen sähe. — Die Sachen sind nun doch schon so weit gediehn, gab sie ganz gelassen zur Antwort, daß Sie mich viel stärker, als Sie schon getan, überhaupt nicht mehr kompromittieren können. Und wird nicht doch einmal der Schleier fallen müssen? — Jawohl, seufzte ich bei mir selbst, die Schuppen werden dir von den Augen fallen, armes Lamm! — und so begleitete ich sie mit heroischer Fassung ins Theater.

Ich glaubte erst, sie habe dieses gemeinsame Vergnügen nur darum arrangiert, um sich wirklich recht geflissentlich vor aller Welt zu kompromittieren und mich dadurch moralisch zu binden. Aber sie hatte noch eine Nebenabsicht. In den

18

Zwischenakten der ziemlich langweiligen modernen Tragödie, während deren Lucrezia beständig kandierte Früchte naschte, trat nämlich ein Sänger auf, den ich als eine ungewöhnliche Figur schon öfters auf den Straßen von Pisa studiert hatte. Er schlenderte gewöhnlich, in ein zimmetbraunes, malerisch geschnittenes Tuchwams und weite Hosen von derselben Farbe gekleidet, einen breiten, phantastischen Hut auf die dicken schwarzen Haare gedrückt, in Begleitung eines kleinen braunen Weibchens, das ihn führte, durch die Straßen, immer vor sich hin lächelnd mit einem halb gutmütigen, halb ironischen Ausdruck, während das feine scharfe Gesichtchen der Frau einen versteinerten Leidenszug hatte. Ich hatte mir sagen lassen, dies sei ein ehemals berühmter Sänger, Tobla Seresi, ein prachtvoller Bariton, der leider den Verstand verloren habe und darum als Opernsänger nicht mehr zu brauchen sei. Denn er habe zuweilen Anfälle von Tobsucht, wo dann nur seine kleine Frau, die er zärtlich liebe, ihn zu behandeln und wieder zahm zu machen verstehe. Zuweilen singe er auf den Theatern in den Zwischenakten, um sich etwas zu verdienen; dann stehe das kleine Weibchen immer hinter den Kulissen und beobachte ängstlich jede Miene in seinem Gesicht.

Dieser Sor Tobia nun sang, wie gesagt, auch an jenem Nachmittage, und seinetwegen hatte meine Witwe mich hingeschleppt. Denn kaum hatte er die ersten Töne seiner Arie gesungen, so wandte sich Frau Lucrezia nach mir um, der ich hinter ihr in der Loge saß, und erzählte mir weitläufig, daß sie selbst eigentlich die Ursache dieses Unglücks sei. Vor sechs Jahren, mitten in einem verliebten Duett, das sie mit ihm gesungen—die Oper, die sie mir auch nannte, habe ich vergessen—sei der Wahnsinn bei ihm ausgebrochen. Er habe sie nämlich heftig an sich gezogen, wie es die Rolle mit sich brachte, und ihr mit rollenden

19

Augen zugeflüstert, wenn sie ihn nicht erhöre, so werde er sie und sich mit einem vergifteten Kartoffelsalat umbringen. Was an dem Zeug wahr sein mochte, weiß ich nicht. Genug, sie schwatzte mir in diesem Stil noch eine Menge Abenteuer vor, damit ich recht einsehen solle, was sie damals für ein lebensgefährliches Frauenzimmer gewesen sei. Ich hörte nur halb zu, um nicht den Gesang ganz zu verlieren, der ihr, obwohl sie Sängerin war, sehr gleichgültig zu sein schien. Als es dann zu Ende war, warf sie ihren Strauß auf die Bühne und klatschte mit Ostentation. Einige Amateurs drängten sich aus dem Parterre ins Orchester und reichten dem Sor Tobia einen riesenhaften Strauß, wie ein Wagenrad, auf die Szene hinauf, den er mit seinem stillen ironischen Lachen annahm, unter wütendem Applaus. Das Volk war sehr liebenswürdig gegen den armen Irren, und ich hörte links und rechts Ausrufe des Bedauerns und der Teilnahme an seinem Geschicke. Nur meine Witwe ignorierte ihn ganz kaltblütig, fächerte sich beständig Kühlung zu und fing gleich wieder an, verzuckerte Orangenscheibchen zu essen.

Ich gestehe Ihnen, es überlief mich eiskalt neben dieser meiner Eroberung; ich war froh, daß sie bald aufbrach, und wie sie meinen Arm nahm und wir nach Hause gingen, kam ich mir recht erbärmlich vor; ich fühlte mich in einer so schiefen Lage, daß ich längst zusammengestürzt wäre, wenn ich ein Glockenturm und nicht ein elastischer Organismus von Fleisch und Bein gewesen wäre. An diesen Tag werde ich denken! Denn glauben Sie nicht, daß es damit schon vorbei war. Meine Schöne hatte sich offenbar vorgenommen, heute noch die Sache zwischen uns ins reine zu bringen, unterhielt mich daher von ihren Vermögensumständen, die ganz annehmlich schienen, von dem Glück, das sie ihrem Seligen bereitet, der sie ihrer Schönheit wegen von der Bühne weggeheiratet habe, obwohl er selbst Komponist gewesen und ihren Gesang zu schätzen gewußt habe. Sehen

Sie, sagte ich in meiner Herzensangst und versuchte dabei eine scherzhafte Miene zu machen, das würde nun doch ein Hindernis für uns bilden. Denn in Deutschland gehen alle südlichen Stimmen bei dem beständigen Schneewetter zu Grunde.—Sie erwiderte, daß sie dieses Opfer gern bringen würde. Die Ehe, setzte sie mit einem pathetischen Seufzer hinzu, die Ehe ist ja ein beständiges Opfer auf dem Altar der Liebe!—Aber, sagte ich, die lieben Kinder, wie werden die das rauhe Klima ertragen?—Auch das machte ihr keinen Kummer. Die Bimbi sind ja wohl aufgehoben, sagte sie. Die Tante übernimmt die beiden kleinsten, die ältesten bleiben in Florenz.—Schön! sagte ich und dachte bei mir selbst: O du Rabenmutter! Aber ich lächelte dabei so verbindlich, daß sie kein Arg hatte; denn das sah ich ihr an, daß sie zum Äußersten entschlossen war und sich nicht besonnen hätte, mir ebenfalls einen bitteren Kartoffelsalat anzurichten, wenn sie hinter meine wahre Stimmung gekommen wäre.

Da kam mir eine Eingebung, die ich für sehr glücklich hielt. Schöne Frau, sagte ich, Ihr müßt mich erst über einen Punkt beruhigen. Ihr sagt, Euer Seliger sei unter die Briganten gefallen und nicht wiedergekommen. Wißt Ihr denn aber gewiß, daß er nicht mehr am Leben ist? Wenn er nun eines schönen Tages zurückkehrte und Euch reklamierte, oder gar mir einfach den Hals bräche, zum Dank dafür, daß ich ihm sein Eigentum inzwischen so gut aufgehoben hätte?

Diese Frage tat ich, als wir schon wieder oben in ihrem Salon auf dem bewußten Sofa saßen, gerade unter dem Bilde des seligen Komponisten. Ich fügte noch einige weise Reden über die Zweckmäßigkeit offizieller Totenscheine hinzu und über den Greuel der Bigamie—Warten Sie! sagte sie ruhig, stand auf und schloß ein Fach ihres Schreibtisches auf. Was zog sie daraus hervor? Sie werden es kaum glauben, aber es

21

ist so buchstäblich wahr wie diese ganze Historie: zwei Fläschchen, beide wohlverkorkt und mit einer Schweinsblase luftdicht zugeklebt, und in jedem ein natürliches Menschenohr, kunstreich mit einem reinlichen Schnitt vom Kopfe abgetrennt und hier in Spiritus aufbewahrt! Ecco! sagte sie und hielt mir die Fläschchen hin, die ich vor Grausen nicht in die Hand zu nehmen vermochte. Dies ist wohl besser als mancher Totenschein. Es sind Carlos Ohren, ich erkannte sie auf der Stelle. Erst kam das rechte; das schickte mir einer seiner Freunde aus Neapel, und ich mußte fünftausend Lire als Lösegeld schicken, was ich auch sogleich tat. Aber es kam doch zu spät an; denn bald darauf erhielt ich das zweite Fläschchen und einen zweiten Brief des Freundes, worin stand, die Mordgesellen hätten das Geld genommen, aber als Quittung darüber eben nur das zweite Ohr ausgeliefert; was aus dem Menschen geworden, der daran gesessen habe, sei gänzlich dunkel, und ich müsse mich in Geduld fassen. Was sagen Sie zu dieser Zumutung an eine zärtliche Gattin? Ich mich in Geduld fassen? Nein, bei mir stand es sogleich fest: mein Carlo ist nicht mehr! O er hatte so empfindliche Ohren — und nun wollte man mir einreden, er hätte ihren Verlust überleben können? Arme und Beine hätten sie ihm amputieren können, und er hätte weitergelebt! Aber mein Carlo ohne seine Ohren — nimmermehr!

Ihr müßt das wissen, schöne Frau, sagte ich, und in der Tat, wenn diese traurigen Reliquien wirklich Eurem Seligen gehört haben-So gewiß wie dies mein kleiner Finger ist, sagte sie mit großer Überzeugung und betrachtete dabei die Fläschchen mit so wissenschaftlichem Ernst, wie etwa ein Naturforscher eine neue Amphibienspezies, die man ihm in Spiritus zugeschickt hat. Mich überlief eine Gänsehaut.

Dennoch, sagte ich, reicht dieses Vermächtnis schwerlich

hin, Euch ganz frei zu machen. Die Gerichte sind sehr eigensinnig. Sie verlangen ganz andere Beweise, ehe sie einen Menschen aus dem Register der Lebendigen streichen.

Darum ist eben der Oheim nach Florenz, versetzte sie gelassen. Er kennt einige Minister und hofft, daß es ihm gelingen werde, die legalen Zeugnisse zu erhalten. Mein Mann ist nicht unbekannt, und sein plötzliches Verschwinden hat Aufsehen gemacht. Die Wahrheit muß endlich an den Tag kommen.

Damit ging sie wieder an ihren Schreibtisch, verschloß die teuren Andenken an ihren Seligen und setzte sich ans Klavier, um nun noch durch—den Zauber der Töne auf mich zu wirken. Aber ich konnte nicht mehr! Es war mir in der Nähe dieses entsetzlichen Frauenzimmers zu Mute, als hätte ich mich mit einer Wachsfigur eingelassen, in deren hohlem Innern eine Spieluhr angebracht sei. Die Haare standen mir zu Berge, als sie ihr beliebtes "Ah sin' all' ore" anstimmte; ich schützte Kopfweh vor und stürmte aus dem Hause ins Freie.

Ich flüchtete zu meinem lieben "Nettuno", aber ich konnte keinen Bissen hinunterbringen; alles widerstand mir, bis auf den Wein, dem es aber doch nicht gelang, mich ganz in Bewußtlosigkeit einzutauchen. Immer sah ich die beiden Fläschchen und die kaltblütigen schwarzen Augen darauf gerichtet und hörte den Klang der Spieluhr aus der hohlen Automatenbrust. Daß ich es unter diesem Dach nicht länger aushalten könne, stand bei mir fest. Aber wie sollte ich entrinnen, ohne daß dieses erbarmungslose Weib Himmel und Hölle in Bewegung setzte, um mich aus jedem Schlupfwinkel, den ich in der Stadt nur ersinnen könnte, wieder hervorzuziehen? Schade, daß Toskana keine Abruzzen hat! Wie gern wäre ich ebenfalls in die Hände der Briganten geraten, unter der Bedingung, daß sie mich um

23

keinen Preis wieder auslösen dürften.

Endlich brachte mir der treffliche rote Wein eine Erleuchtung. Ich mußte nicht nur das Haus, sondern die Stadt verlassen, wenn auch meine Studien am Kampanile noch sehr einer Revision bedurft hätten. Die Schwierigkeit bestand vor allem darin, wie ich, ohne Aufsehen zu erregen, meine Habseligkeiten an den Bahnhof schaffen sollte. Aber in der Desperation hatte ich einen Einfall, den ich Ihnen für künftige Notfälle empfehle, sei es im Leben, sei es in Novellen oder Lustspielen. Ich kaufte noch denselben Abend einen Koffer, den ich in den "Nettuno" tragen ließ und meinem getreuen Kellner überantwortete. Das weitere sollte der morgende Tag bringen.

Erst aber brachte die Nacht noch eine letzte Gefahr, nicht die geringste von allen. Stellen Sie sich vor, was diese Lucrezia für einen Spuk arrangierte. Ich war zu Bett gegangen, wie gewöhnlich, ohne ihr noch eine gute Nacht gewünscht zu haben, und die Hoffnung auf ein glückliches Entkommen ließ mich rasch und sanft einschlafen. Da werde ich etwa um Mitternacht durch ein heftiges Bellen des Hündchens und einen plötzlichen Lichtschein aufgeweckt und sehe meine schöne Witwe vor meinem Bette stehen in einer sehr fragwürdigen Gestalt, nicht gerade unschicklich, aber immerhin das verfänglichste Kostüm, in dem sie mir noch erschienen war. Sie haben ja wohl die "Nachtwandlerin" gesehn und den "Fra Diavolo"? Aus einer dieser Opern mochte meine Primadonna das weiße gestickte Unterröckchen noch übrig behalten haben, in welchem sie sich zu mir flüchtete, die Haare aufgelöst über die schönen Schultern, das Gesicht tragisch verzerrt. Um Gottes willen, was ist geschehen? rief ich und stützte mich im Bette auf. — Er ist mir erschienen, wie er leibte und lebte, sagte sie; er steht noch drinnen an meinem Bette, ich bin halbtot vor

Schrecken und getraue mich nicht wieder hinein!—Possen! sagte ich, ganz ärgerlich. Ihr habt geträumt, Lucrezia. Legt Euch wieder schlafen und laßt mich in Frieden,—Nein, nein, sagte sie; kommt und seht ihn selbst und sagt dann, ob ich träume.—Und dabei faßte sie meine Hand, wie beschwörend, mit ihren beiden Händen; es fehlte nur noch, daß sie wie auf dem Theater zu singen anfing. Da wurde mir die Sache doch zu toll. Gut, sagte ich, ich will jetzt aufstehen und mitkommen. Steht er wirklich als Geist an Eurem Bette, so daß ich ihn mit diesen meinen Augen sehe, so ist es meine Ritterpflicht, mir in Eurem Namen diese ganz zwecklosen und unbequemen Nachtbesuche zu verbitten. Ist aber von einem Gespenst nichts zu sehen, so tut es mir herzlich leid, aber ich muß auf Eure Hand verzichten, Lucrezia; denn ich habe einen angeborenen Abscheu vor Nachtwandlerinnen und bin fest entschlossen, lieber ledig zu bleiben, als eine Somnambule zu heiraten.—Indem ich dies sagte, machte ich Miene aufzustehen. Aber sie ließ es nicht so weit kommen. Sie schüttelte abwehrend ihre schwarzen Haare, winkte mir mit den schönen weißen Armen eine gute Nacht und verschwand ohne jede weitere Auseinandersetzung.

Nun mußte ich trotz meines Ärgers aus vollem Halse lachen und schlief darüber friedlich wieder ein, wurde auch nicht zum zweiten Male gestört. Aber die ganze Affäre bestärkte mich natürlich in meinem Entschluß, mich heimlich davonzuschleichen. Denn der Oheim wurde täglich zurückerwartet, und wer konnte wissen, was sie dem bereits über mich geschrieben, und wie weit dieser Ehrenmann seine schöne Nichte durch mich "kompromittiert" glauben mochte. Ich ließ mir am Morgen nicht das geringste merken, zeichnete erst eine Welle, ging dann, als die Straße schon sehr belebt war, wie gewöhnlich aus, ein Päckchen unter dem Arm, das niemand auffiel und in dem ich einen Teil meiner Wäsche nach dein "Nettuno" transportierte, wo mein neuer Koffer übernachtet hatte. Auf die Art schaffte ich im Laufe des Vormittags nach und nach meine sämtliche Habe aus dein Hause, und als ich zuletzt die Risse und Zeichnungen in einen großen Blechzylinder verpackt den übrigen Sachen nachtrug, sah es doch in meinem Zimmer nicht anders aus als sonst, da ich den leeren Koffer, einige leere Mappen und mein Waschgerät dem Feind als Beute zurückgelassen hatte. Auch die türkischen Pantoffeln des Seligen standen mit der unschuldigsten Miene von der Welt unter dem Bette. Die Miete hatte ich auf einen Monat vorausbezahlt.

Nun können Sie sich denken, mit welchem Hochgefühl der Befreiung und Errettung ich die schöne Straße nach La Spezia hinsauste, wie ein Verbrecher, der zu lebenslänglichem Ah sin' all' ore all' ore estreme verurteilt war und glücklich ausgebrochen ist. Die Gegend ist dort so schön, daß es mich zu jeder anderen Zeit gewiß verdrossen hätte, auf der Eisenbahn hindurchzufliegen. Aber wer eine zärtliche Witwe zurückläßt, kann nicht rasch genug von der Stelle kommen. Erst als ich spät abends in La Spezia ankam und in der Eroce di Malta abstieg, glaubte ich mich geborgen und aß, trank und schlief mit leichtem Herzen. In meinem Zimmerchen war nur ein ganz kleiner Tisch, auf dem man kaum einen Waschzettel schreiben konnte. Aber— so wandelbar ist das Gemüt des Menschen—er gefiel mir in seiner Zwerghaftigkeit ganz ausnehmend, und ich konnte nicht ohne stillen Schauder an jenen Riesen zurückdenken, der mich ins Netz meiner Armida gelockt hatte.—Seit Wochen war ich nicht so fröhlich aufgewacht wie am andern Morgen, und weil es ein wundervoller Tag war, die reinste Junisonne und das Meer spiegelglatt, bcschloß ich, eine Fahrt auf dem Golf zu machen nach dem alten Fischer- und Piratennest Portovenere, von dem mir meine Freunde in Rom so viel erzählt hatten. Da der geringe Wind uns entgegenstand, mußte mein alter Schiffer zu den Rudern greifen, und zwei ganze Stunden brauchten wir, bis wir um das Vorgebirge bogen und nun der verwitterte Häuserhaufen, das malerische Kirchlein und die Insel Palmaria gegenüber in der vollen Sommersonne vor uns auftauchten. Sie werden diesen wundersamen Erdenwinkel ohne Zweifel auch besucht haben. Ist es nicht wirklich, als befände man sich da viele Meilen südlicher in einem jener Klippennester am Busen von Salern, wo noch Abkömmlinge der griechischen Kolonisten in homerischer Unbekümmertheit ihre Tage hinleben? Derselbe schöne Menschenwuchs, dieselbe vorsündflutliche Kochkunst und ein urweltlicher Schmutz, der in allen Ecken bergehoch versteinert. Ich traute meinen Augen nicht, als ich die einzige Hauptgasse hinaufschlenderte durch die Reihen der spinnenden, singenden und schwatzenden Weiber, die mit losen Haaren und halb im Hemde unter den Türen saßen und mich anstarrten wie ein Meerwunder, das die Wellen eben ausgespien. Ach, und die herrliche Vegetation, das beneidete Aloe-Unkraut auf den Mauertrümmern der verfallenen Festungswerke, Kaktus, Wein und Oliven bunt durcheinander in den Gärtchen hinter den grauen Häusern, und die kolossalen Feigenbäume, die sich vor Früchten nicht zu lassen wußten! Wenn man sich in der reinlichen Toskana einen Monat lang herumgetrieben hat, tut einem diese Rückkehr in das Paradies, das der Besen einer löblichen Polizei noch niemals ausgefegt hat, über alle Maßen wohl. Ich wurde nicht müde, die Gäßchen hinauf- und hinunterzuklettern, aus den leeren Fensterbögen des alten Kirchleins auf dem äußersten Felsenvorsprung in die schöne Brandung hinunterzustarren, und dann wieder im Schatten der Festungsmauer im dürren Grase zu liegen und über die weißen Dächer weg auf den blauen Golf hinabzusehen, wo die Schiffe kamen und gingen, alles ganz wie vor tausend

Jahren, bis auf die Rauchwolken, die aus den Schornsteinen der Dampfer gen Himmel stiegen. Ich war so völlig der Gegenwart entrückt, daß ich auch meine jüngsten Abenteuer nur wie etwas längst Vergangenes bedachte und mich sogar auf den Namen meiner Witwe einen Augenblick nicht mehr besinnen konnte.

Endlich trieb mich denn doch der Hunger wieder in das Nest zurück, und nachdem ich einige Male zwischen den beiden Häusern auf und ab gewandert war, über deren Türe albergo e trattoria geschrieben stand, entschied ich mich für das obere, vor dessen Tür ein paar piemontesische Soldaten Limonade gazeuse tranken und Karten spielten, während das andere von Matrosen wimmelte. Drinnen sah es freilich hier wie dort zigeunermäßig genug aus. Aber die gutmütige Wirtin wies mich eine Treppe hinauf in den "Salorie" und versprach, mir in fünf Minuten ein Mittagessen herzurichten. Während ich darauf wartete und die Tochter, ein stummes halbwüchsiges Mädchen, den Tisch deckte, sah ich mir die Bilder an, die eingerahmt an den Wänden hingen, einige französische Stahlstiche aus der Geschichte von Paul und Virginie, eine Madonna, mit goldenen Herzen beklebt, und die italienischen Nationalheiligen: Cavour, Garibaldi und der König-Ehrenmann. Der Saal hatte noch eine Tür zur Linken. Ohne mir was dabei zu denken, hatte ich schon die Klinke in der Hand, als die Wirtin eben hereintrat und mit einer halb erschrockenen, halb unwilligen Gebärde mir winkte, von dieser Türe zurückzubleiben. Ich entschuldigte mich, daß ich es ganz arglos getan, um zu sehn, ob sie nicht noch Zimmer hätten, wo man etwa übernachten könne. Nein, nein, gab die Frau hastig zur Antwort. Die übrigen Zimmer brauchen wir selbst.—Ich tröstete mich leicht hierüber. Denn der Gedanke, in dieser verräucherten Herberge hausen zu müssen, war nicht eben verführerisch. So setzte ich mich zu Tische und

28

fand das Essen, mit Ausnahme einer fossilen Kotelette und des ranzigen Öles-, das sie mir an die grünen Bohnen gegossen hatten, noch erträglicher, als ich gefürchtet. Sie trugen mir ein paar delikate gebackene Fischchen auf, und der Wein war sehr trinkbar, so daß ich, nach dem heißen Tage, mich in vollen Zügen daran labte und noch ehe sie mir die trockenen Feigen und die versteinerten Biskuits zum Nachtisch gebracht hatten, auf dem Stuhl, wo ich saß, in einen festen Nachmittagsschlaf versank.

Ich mochte wohl ein paar Stunden in dem totenstillen Saal geschlummert haben, als mich plötzlich ein wunderliches Klingen ganz in meiner Nähe aufweckte. Ich öffnete die Augen, blieb aber ganz ruhig sitzen und horchte umher. Es klang, als würde auf einem uralten Klavezimbel gespielt, und die Töne kamen aus dem Zimmer nebenan, das zu betreten mir die Wirtin verboten hatte.

Daß ich neugierig wurde und auf den Zehen an die Türe schlich, um durchs Schlüsselloch zu sehen, werden Sie mir nicht verdenken. Wenn bloß ihr Novellisten das Vorrecht hättet, in fremden Ländern eurer Neugier die Zügel schießen zu lassen, könnten wir andern ehrlichen Menschen nur lieber gleich zu Hause bleiben. Und welches Glück, daß ich mich hier aufs Horchen legte! Zwar die Musik verriet mir nicht viel. Eine heisere Männerstimme sang allerlei abgerissene Verse eines Operntextes, von denen ich nur die üblichen Naturlaute:

Deh perfida! Ah barbaro! und:

Cottie? Tiranna! O dio!
Strappami il cor dal seno—

verstand. Das alte Instrument stand an der Wand gegenüber, so daß der Sänger, der davor saß, mir den

Rücken zugekehrt hatte. Aber jetzt drehte er sich nach der Seite, um in einem Haufen geschriebener Noten zu wühlen, die neben ihm auf dem Bette lagen. Und nun raten Sie einmal, wer es war?

Doch nicht der verrückte Bariton, Tobia Seresi?

Noch toller! Noch erstaunlicher! So abenteuerlich, daß ich Ihnen nicht raten würde, dies zu erfinden, und nicht zumuten könnte, es zu glauben, wenn ich es nicht erlebt hätte: Sor Carlo, der Mann meiner Witwe!

Das ist stark, sagte ich. Ich bin sehr geneigt zu glauben, daß der Wein von Portovenere Ihnen zu dieser Vision verhalf, oder daß alles nur ein Sommernachmittagstraum war.

Sie irren sich sehr, fuhr er fort. Hören Sie nur weiter. Daß ich anfangs selbst zu träumen meinte, können Sie sich wohl denken. Aber es war Zug für Zug dasselbe Gesicht, das ich über dem Sofa der Frau Lucrezia unter Glas und Rahmen oft genug studiert hatte.

Und die Ohren? fragte ich.

Die konnte ich nicht sehen. Die Haare schienen schon seit Monaten nicht mehr geschnitten worden zu sein und hingen dicht um den Kopf bis auf die Schultern herab. In der Überraschung muß ich wohl an der Tür gerappelt haben. Denn plötzlich drehte er sich vollends herum und rief: Seid Ihr's, Frau Beatrice?—So hieß nämlich die Wirtin.

Nun war ich doch einmal verraten und beschloß, mich lieber ganz und gar zu enthüllen. Ich rief ihm durchs Schlüsselloch zu, die Frau sei es nicht, aber ein Freund, der zwei Worte mit ihm zu sprechen wünsche. Dabei nannte ich seinen Namen und sah, wie er heftig erschrak und einen Augenblick zu überlegen schien, ob er sich nicht verleugnen solle. Aber was konnte das helfen, wenn er doch einmal von einem Fremden entdeckt war? So schloß er denn die Tür auf, und ich werde niemals den wunderlichen Blick vergessen, mit dem er mich musterte, etwa wie Lazarus, als er von den Toten auferweckt wurde. Lieber Sor Carlo, sagte ich, was zum Teufel haben Sie gemacht? Warum begraben Sie sich bei lebendigem Leibe in diesem elenden Fischernest, während ganz Pisa in Alarm ist um Ihr Verschwinden und Ihre trauernde Witwe Tag und Nacht keine Ruhe hat bis sie-Hier fiel er mir zum Glück in das Wort; ich hätte sonst am Ende die gute Lucrezia verleumderischerweise als ganz untröstlich geschildert.

Was? sagte er. Meine Witwe? Weiß denn meine Frau nicht, daß ich wohl aufgehoben bin?

Nun erzählte ich ihm, natürlich ohne meine eigenen zarten Beziehungen zu dieser liebevollen Seele zu verraten, wie ich die Dinge in Pisa gefunden, gestand ihm auch, daß ich in seinem Hause gewohnt und Zeuge von dem Kummer der einsamen Verlassenen gewesen sei. Wie ich aber auf die beiden Reliquienfläschchen zu reden kam, unterbrach er mich in heftiger Aufregung. Unerhört! rief er und zerwühlte sich das Haar, so daß ich nun das Vorhandensein eines ungestutzten Ohrenpaares konstatieren konnte. O ich bin schändlich betrogen worden! Man hat mir eine Rolle in einem Possenspiel zugeteilt, die mich bis an mein Lebensende lächerlich machen wird!—So schrie und tobte er in seinem kleinen Stübchen herum, und es dauerte lange, bis er sich so weit beruhigte, um sich aufs Bett zu setzen und mir den Zusammenhang dieser tragikomischen Geschichte zu enthüllen.

Da er mich mit Recht wie einen Hausfreund betrachtete—ich war es gottlob nicht in der verwegensten Bedeutung—so suchte er durchaus nichts zu verstecken oder zu

31

beschönigen, sondern erzählte mir von Anfang an seine Liebes-, Heirats- und Leidensgeschichte. Er hatte seine Frau auf der Bühne kennengelernt und sich ebenso heftig in ihre Schönheit verliebt, wie er ihren Gesang verabscheute. Denn sie habe so ganz unheilbar falsch gesungen, daß sie die Ohren ebenso gemartert habe, wie sie die Augen entzückte. Er gestand mir sogar, seiner festen Überzeugung nach sei der arme Tobia Seresi bloß dadurch um den Verstand gekommen, daß er genötigt gewesen sei, einen ganzen Winter hindurch Duette mit ihr zu singen. Unter solchen Umständen habe er, Sor Carlo, sich endlich nicht anders zu helfen gewußt, als indem er sie von der Bühne wegheiratete. Aber leider habe das häusliche Glück und ihre Hausfrauen- und Mutterpflichten das verhängnisvolle Talent nicht ersticken können. Dazu nun ihre Liebhaberei für geräuschvolle Haustiere, das unvermeidliche Kindergeschrei, der Lärm auf der Straße—kurz, seine Nerven hätten endlich so sehr gelitten, daß an Komponieren kein Gedanke mehr gewesen sei. Nun habe sie alles Mögliche ihm zuliebe getan. Aber sein Gehör sei jetzt schon so überreizt gewesen, daß er sich eingebildet habe, sie niese sogar falsch und ihre Schuhe knarrten um einen Viertelston zu hoch. Endlich habe er sich entschlossen, eine Erholungsreise nach Neapel anzutreten, und hier sei das Leiden auch bald milder geworden, zumal da er in dem stillen Landhause eines Schulfreundes, eines Arztes, ganz ungestört seinen Lieblingsarbeiten nachgehen konnte. Überdies fand er endlich hier unten einen jungen Poeten, der ihm einen Operntext ganz nach seinen Wünschen dichtete. jetzt nur sechs Monate in ungestörter Arbeitsruhe, und er wollte ein Werk zustande bringen, das ihn auf einen Schlag in ganz Italien berühmt machen sollte. Aber schon kamen die ungeduldigsten, sehnsüchtigsten Briefe seiner jungen Frau. Wenn er nicht zurückkehre, werde sie alles, Haus und Kinder, im Stiche lassen und ihren heißgeliebten Carlo aufsuchen. Und sie wäre es imstande

32

gewesen! seufzte der Gatte; denn sie konnte nicht ohne mich leben, und ihre Eifersucht war nicht die geringste meiner häuslichen Annehmlichkeiten.—In dieser Not fragte er seinen Freund um Rat, der ebenfalls nichts lebhafter wünschte als den Ruhm und das schöpferische Glück des Freundes. Laß du mich nur machen! habe jener gesagt. Ich verspreche dir, daß sie dich bis zur Vollendung deines Werks in Ruhe lassen soll. Nur mußt du mir dagegen geloben, in der ganzen Zeit weder an sie zu schreiben, noch dich vor irgend einem Menschen sehen zu lassen, der ihr mündlich Nachricht von dir bringen könnte. Im übrigen werde ich es so einrichten, wie es für alle Teile das zuträglichste ist.— Diesen Vertrag sei er unbedenklich eingegangen, da er schon ganz von seiner Arbeit erfüllt gewesen sei und ja auch gewußt habe, daß inzwischen zu Hause alles wohl stehe. Die ersten Monate des Winters habe er in einem stillen Hause nahe bei Amalfi zugebracht und hier die Skizze seiner Oper vollendet. Sein Freund, der Arzt, habe ihn mit Geld versehen und alle vier Wochen geschrieben, Frau und Kinder seien wohl und ließen ihn grüßen. Als er dann soweit war, daß die vollständige Partitur geschrieben werden mußte, was er ohne Instrument nicht gut zustande bringen konnte, habe er Amalfi verlassen und sich nach einem kurzen Besuch in Neapel nach Portovenere zurückgezogen, wohin von La Spezia aus ein altes Klavier leichter zu schaffen war. Hier hause er nun friedlich seit fünf Monaten. Nur noch eine Woche, so sei auch das Finale des letzten Aktes glücklich instrumentiert, und nun erfahre er zu seinem Entsetzen, daß sein Freund seine Arglosigkeit aufs Schnödeste mißbraucht und auf seine Kosten eine Farce in Szene gesetzt habe, die ihn, da er eben an die Schwelle des Ruhmes gelangt sei, ohne Erbarmen vor ganz Italien zum Gelächter machen müsse.

Fassen Sie sich nur, sagte ich, während ich selbst Mühe

hatte, mein Lachen zu unterdrücken. Es ist noch gar nichts verloren. Von den beiden herrenlosen Ohren, die Ihr zynischer Freund auf der Anatomie irgend einem stillen Mann abgeschnitten haben wird, wissen bis jetzt sehr wenige. Ihre trauernde Witwe hat sie nur den nächsten Teilnehmenden gezeigt. Im übrigen—was ist da zu lachen, wenn ein glücklicher Familienvater vor lärmenden Kindern und Haustieren die Flucht ergreift, um irgendwo in der Stille ein unsterbliches Werk zu schaffen? Freilich ist es nachgerade Zeit, daß Sie nach Hause kommen; denn Ihre schöne Frau wird natürlich umworben, wie weiland Penelope, und wenn Sie länger tot bleiben-Herr, sagte er und faßte mich erschrocken am Arm, Sie wollen doch nicht etwa sagen-Nicht das geringste, was Ihrer Ehre zu nahe treten könnte, fuhr ich eilig fort. In ganz Pisa kann niemand Ihrer Frau etwas Böses nachsagen, und daß sie mir eines ihrer überflüssigen Zimmer abgetreten, kann sie vor ihrem Gewissen verantworten. Ich habe eine Braut in Deutschland und gebe Ihnen meine heiligste Versicherung, daß mir in Pisa nichts ferner lag als Liebesaffären.

Er sah mich mit einem forschenden Blicke an, der mich überzeugte, daß seine alte Leidenschaft für diese Frau durchaus noch nicht erloschen sei. Als ich ihm aber von meinem Werk über den Schiefbau erzählte, beruhigte er sich, da er mich nun für einen ausgemachten Narren hielt. Ich will Ihnen glauben, sagte er. Aber was soll ich jetzt beginnen? Raten Sie mir! Ich war mein Lebtag ein ganz unpraktischer Mensch und habe nur für meine Kunst gelebt.

Wissen Sie was? sagte ich. Das beste wird sein, ich fahre sogleich nach Pisa zurück und bereite Ihre Frau auf Ihr Wiedererscheinen vor. Wenn Sie plötzlich unangemeldet ins Zimmer träten, könnte die zärtliche Seele den Tod vor

Schrecken haben, oder doch zum wenigsten ein Nervenfieber. Sie packen indes Ihre Oper ein und folgen mir morgenden Tages nach.

Das schien denn auch dem guten Mann, der ziemlich kopflos und tiefsinnig immer noch auf dem Bette saß, das zweckmäßigste, und so nahmen wir kurz Abschied voneinander; ich bezahlte mein Mittagessen und wanderte die schmale Gasse hinunter, die jetzt schon recht kühl und dämmrig war. Nun erst konnte ich stille für mich in Lachen ausbrechen und mich an dem tiefen Sinn in diesem kindischen Spiel ergötzen. je mehr ich drüber nachdachte, je mehr mußte ich der Menschenkenntnis des Neapolitaners Gerechtigkeit widerfahren lassen. Denn daß Frau Lucrezia mit gelinderen Mitteln nicht zu bewegen gewesen wäre, auf ihren Carlo zehn Monate zu verzichten, stand auch mir felsenfest. Das Lustige an der ganzen Posse war mir aber der Vorgenuß der Schadenfreude, mit der ich in mein Zimmer in Pisa zu treten dachte, auf einmal wieder ein freier Mann und ohne Gefahr, "sin' all' ore, all' ore estreme" im Schatten des schiefen Turmes für das "zweite Lebensglück" meiner schönen Wirtin haften zu müssen.

Was aber geschieht? Wie ich schon das verfallene Tor durchschritten habe und um die Ecke biege, um unten an dem Landungsplatz meinen alten Schiffer wieder aufzutreiben, sehe ich eine verschleierte Dame mir entgegenkommen, die eben aus einem Nachen gestiegen war und bei meinem Anblick einen unverständlichen Ausruf tut. Ich achte nicht weiter darauf, da ich immer nur Pisa im Kopfe habe, und will spornstreichs an ihr vorbei. Plötzlich ergreift sie mich beim Arm, schlägt den Schleier zurück und ruft mit dem Tone sittlicher Entrüstung: Ha, Verräter, meint Ihr mir auch hier zu entrinnen?—Meinen Schrecken können Sie sich denken. Lucrezia! rief ich und weiter

35

konnte ich nichts sagen, denn ich überlegte im Nu, wie sehr sie ihre Lage durch diesen Geniestreich verschlimmerte. Was sagen Sie aber dazu? War mir dieses unentrinnbare Frauenzimmer richtig nachgereist und machte Miene, mich zu Lande und zu Wasser, lebend und tot, wieder einzufangen. Um des Himmels willen! rief ich und zog sie in der ersten Bestürzung in den dunklen Torbogen, was fällt Ihnen ein, Lucrezia? Wissen Sie denn—O Ferdinando, unterbrach sie mich mit sehr erhabener Gebärde, ich flüchte mich zu Euch vor der Bosheit der Menschen. Der Oheim ist aus Florenz zurück. Er ist wie rasend und hat geschworen, mich umzubringen, wenn der Fremde, der hinter seinem Rücken sich bei mir eingeschlichen habe, meine Ehre nicht wiederherstelle, wie es einem Galantuomo gezieme. Die Tante hat ihn vergebens zu besänftigen gesucht, er will von nichts hören; er sagt nur immer, daß er Euch nacheilen und Genugtuung von Euch verlangen oder Euch niederschießen wolle, wie einen Räuber und Mörder. Was sollte ich tun, ich Ärmste? Ich habe mit vielen Tränen und Bitten eine Frist von drei Tagen erlangt; eine innere Stimme sagte mir, daß ich Euch finden und das Schlimmste noch verhüten würde. Im "Nettuno" erfuhr ich, Ihr seiet nach La Spezia. Dort hatten sie Euch nach Portovenere fahren sehen. Und nun, Ferdinando-Ihr kommt wie gerufen, sagte ich. Ihr spart mir einen Weg. Denn ich war eben im Begriff, wieder umzukehren und Euch die Nachricht zu bringen, daß Eure Witwenschaft zu Ende ist.

Wirklich? So ist es gut, so laßt uns eilig wieder in den Kahn steigen, sagte sie. Ich wußte es ja, Ihr würdet ein alleinstehendes Weib nicht so schwer kompromittieren, wenn Ihr es nicht gut und ehrlich mit ihr meintet.

Halt! sagte ich. Ihr wißt noch nicht alles. Die Toten stehn wieder auf. Euer Seliger sitzt droben im Wirtshaus und läßt

36

Euch grüßen. Er ist frisch und gesund und im Besitz seiner sämtlichen Ohren, die Ihr von jetzt an hoffentlich etwas schonender behandeln werdet.

Nun war die Reihe zu versteinern an ihr. Während sie mich aber anstarrte, als ob ich ihr ein Märchen aus Tausend und einer Nacht erzählte, verlor ich keine Zeit, sondern berichtete ihr im Auszuge alles, was ich selber wußte. Und damit Ihr nun seht, schloß ich, daß ich es wirklich gut und ehrlich mit Euch meine, will ich Euch einen Rat geben, wie Ihr alles noch ganz herrlich wieder in Ordnung bringen könnt. Ihr geht jetzt auf der Stelle zu Eurem Seligen und erzählt ihm, daß ein unbestimmtes Gerücht, er halte sich hier in Portovenere versteckt, Euch von Pisa weggelockt habe. Der treffliche Mann, der Euch trotz mancher kleiner Schattenseiten noch immer blindlings zu lieben scheint, wird Euch nicht allzu scharf examinieren. Ein paar Zeilen, die Ihr an den Oheim vorausschickt, werden auch diesen Biedermann in die rechte Stimmung bringen, und wenn Ihr sonstiges Gerede der Nachbarn scheut, so macht eine kleine Hochzeitsreise längs der Riviera und kehrt erst heim, wenn die Schwätzer stille geworden sind. Auf meine Diskretion könnt Ihr Euch natürlich verlassen. Ich werde Euch ewig dankbar sein, daß Ihr mich nicht unwürdig gefunden habt, Euch ein zweites Lebensglück begründen zu helfen.

Während ich ihr diesen langen Sermon hielt, belustigte es mich sehr, den Wechsel der Gemütsbewegungen auf ihrem Gesicht zu beobachten. Aber das Spaßhafteste war der Ausdruck von zeremonieller Kälte, den sie zum Schutz gegen mich annahm, als sie sich von der Furcht vor allen verdrießlichen Folgen dieses Abenteuers durch meine weisen Winke befreit sah. Va bene, sagte sie. Ich wünsche Ihnen eine glückliche Reise, mein Herr!—Damit nickte sie mir huldvoll wie einem völlig Fremden meine Entlassung zu, zog den Schleier wieder über das Gesicht und ging majestätisch, als hätte sie sich eben nur bei einem Vorübergehenden nach dem Wege erkundigt, die Gasse hinauf, dem Wiedersehen mit ihrem Carlo entgegen. Ich zweifle nicht, daß sie den Auferstandenen aufs zärtlichste begrüßt und aufs unbefangenste belogen haben wird. O die Weiber! Sie sind niemals größer, furchtbarer, erfinderischer und bezaubernder, als wenn sie ein schlechtes Gewissen haben!

Dies ist mein Abenteuer mit der Witwe von Pisa, sagte mein Nachbar und zündete eine frische Zigarre an. Was sagen Sie dazu? Wollen Sie nicht eine Novelle daraus machen?

Behüte mich der Himmel! rief ich. Ich würde mich schön damit "kompromittieren". Welcher deutsche Leser glaubte mir diese tolle Geschichte?

Mag sein, sagte er. Aber daran wären Sie selber schuld. Warum haben Sie die Meinung verbreitet, die Frauenzimmer jenseits der Alpen (wir waren nämlich schon über die Höhe des Mont Cenis gekommen und rollten nach Savoyen hinunter) seien aus ganz besonderem Stoff und von dem schönen Geschlecht in Deutschland grundverschieden? Könnte diese Geschichte nicht ebensogut in unserem teueren Vaterlande sich zugetragen haben?

Was? rief ich erstaunt, Sie glauben im Ernst-Bis auf das Intermezzo mit den beiden Ohren, sagte er feierlich. Denn gottlob, wir leben in wohlpolizierten Verhältnissen, und die Spitzbuben schneiden höchstens Beutel und Zöpfe ab. Was aber die Witwen betrifft-Hier hielt die Diligence vor einem Stationshause, und eine Tasse Kaffee unterbrach unser Gespräch, da es eben drohte, eine sehr bedenkliche Wendung zu nehmen.

38